Petra-Alexa Prantl

Die blaue Stunde
mit
Seneca

www.tredition.de

© 2020 Petra-Alexa Prantl

Coverentwurf	Petra-Alexa Prantl
Lektorat	Sylvia Bernhard-Kasanmascheff
Korrektorat	Ursula Trinczek-Herb
	Cornelia Schubert
Übersetzung englisch-deutsch	Petra-Alexa Prantl

Verlag & Druck: tredition GmbH, Halenreie 40-44, 22359 Hamburg

ISBN
Paperback	978-3-7497-2647-9
Hardcover	978-3-7497-2648-6
e-Book	978-3-7497-2649-3

Petra-Alexa Prantl

Die blaue Stunde
mit
Seneca

www.tredition.de

Petra-Alexa Prantl wurde 1953 in Nürnberg geboren. Sie studierte Pädagogik an der Universität Erlangen-Nürnberg. Nach der Familienphase arbeitete sie als Lehrerin und unterrichtete vorwiegend romanische Sprachen. Neben ihrer Vorliebe für Musik, Sprachen und Philosophie führte ihre Reiselust sie in viele Teile der Erde, unter anderem ins Grand Canyon, nach Grönland und Neuseeland.

In Memoriam

Seneca,

der trotz schicksalhafter

Lebensverkettungen

ein vorbildliches Lebenswerk

für die Nachwelt

geschaffen hat.

Inhaltsverzeichnis

Vorwort

Wollte man Seneca mit Nietzsche vergleichen, würde der trennende Unterschied zwischen beiden Persönlichkeiten sofort auf Senecas überaus lebensbejahende geistige Haltung fallen. Anders als der Nihilist Nietzsche begegnet Seneca trotz schwacher Konstitution und widriger Lebensverkettungen dem Schicksal mit geistiger Überlegenheit und mit der Überzeugung:

Obwohl das Schicksal vollkommene Kontrolle darüber hat, was uns geschieht, hat es keine Macht über unsere geistige Haltung.

Mit stoischer Gelassenheit und dem ihm eigenen Wissensdrang lebt Seneca einige Zeit im Exil, wo er umfangreiche Schriften verfasst. Seine Übereinstimmung mit stoischen Prinzipien ist nicht immer, aber meistens identisch. Der Tod hat für Seneca eine besondere Faszination. Er fürchtet ihn nicht. Er sieht ihn als Befreiung von den irdischen Bürden aus dem Gefängnis der materiellen Welt. *Die blaue Stunde mit Seneca* will dem Leser die Denkweise eines großen Philosophen der Antike näherbringen Was wäre ein Seneca ohne lateinische Originaltexte! Interessierte Lateiner können ein Wiedersehen mit dem Lateinunterricht der Vergangenheit feiern und Liebhaber der englischen Sprache können sich an englischen Texten und englischer Poesie erfreuen.

Ich wünsche Ihnen viele harmonische blaue Stunden - nicht nur mit Seneca.

Petra-Alexa Prantl

Kurze Betrachtungen zu Seneca

Die lateinische Literatur erreicht mit Seneca (Lucan und Petron) die ersten nachklassischen Höhepunkte. Als literarischer Repräsentant dieser Epoche weiß Seneca die Jugend zu begeistern wie kein anderer. Geschliffene Kürze, pointierte Formulierung, geistreiches Antithesenspiel in Senecas Tragödien und Prosa spiegeln sich als prägender Einfluss auch in neuzeitlicher Literatur.

Für Seneca ist Philosophie die Lehre vom richtigen Leben. Philosophen sieht er als Lehrer des Menschengeschlechts *(praeceptores generis humani / Epistulae morales 64.9).* „Wir haben die Möglichkeit, über alle zeitliche Distanz hinweg mit ihnen ins Gespräch zu kommen, sie um Rat zu fragen und unser Leben nach ihren Weisungen einzurichten." *(vgl.De brevitate, Kap.14-15)*

Wegen seiner Nähe zum Christentum schätzte man Seneca nicht nur im Mittelalter, auch bei den Reformatoren Luther und Calvin war er hoch angesehen. Calvin verfasste einen Kommentar zu *De clementia*.

Im 16. und 17. Jahrhundert galt Seneca für den Neostoizismus als wichtiger Vermittler der stoischen Philosophie. Senecas Werken folgte der Ruhm fast ununterbrochen bis ins 19. Jahrhundert. Doch von Anfang an wird ihm der Vorwurf der Diskrepanz zwischen seinen Lehren und seiner Lebensführung gemacht. Die Kritik zielt auf seinen materiellen Reichtum ab.

Senecas Leben

Lucius Annaeus Seneca wurde um 4 v.Chr. geboren. Sein Vater hatte für die philosophischen Interessen seines Sohnes wenig Interesse, seine Mutter Helvia teilte jedoch die Liebe zur Philosophie. Eine rhetorische und philosophische Ausbildung erhielt der junge Seneca in Rom. Durch Verbindungen seiner Tante wurde Seneca Quaestor und Senatsmitglied. Seine rhetorische Begabung weckte die Eifersucht von Caligula. Nur Senecas Kränklichkeit, die ein kurzes Leben erwarten ließ, rettete ihn vor der Hinrichtung.

Aufgrund einer Intrige der Kaiserin Messalina wurde Seneca ins Exil nach Korsika geschickt. Agrippina, die Gattin des Kaisers rief ihn 49 jedoch nach Messalinas Tod aus der Verbannung zurück. Sie übertrug ihm die Erziehung und rhetorische Ausbildung ihres Sohnes Nero. Nachdem Agrippina im Jahr 54 Claudius vergiftet hatte, riefen die Prätorianer Nero zum Imperator aus.

An der Erziehung seines kaiserlichen Zöglings musste Seneca scheitern. Kurz nach Regierungsantritt hatte Nero den Sohn von Claudius und Messalina, Britannicus, durch Gift ermorden lassen. Es gelang Seneca immer weniger, die durchbrechenden Grausamkeiten Neros zu zügeln. Da er nach dem Tod von Burrus keinen Einfluss mehr auf Nero hatte, ersuchte er seinen Abschied und zog sich vom Hof zurück. Im Jahr 65 fand Nero Gelegenheit, sich von seinem Lehrer für immer zu befreien, indem er Seneca zu Unrecht der Teilnahme an der pisonischen Verschwörung bezichtigte und ihm den Befehl zur Selbsttötung überbringen ließ.

Die Stoa und ihre Philosophie

„Als Stoa (griech. Στοά) wird eines der wirkungs-mächtigsten philosophischen Lehrgebäude in der abendländischen Geschichte bezeichnet. Tatsächlich geht der Name [...] (stoa poikile „bemalte Vorhalle") auf eine Säulenhalle auf der Agora, dem Marktplatz von Athen, zurück, in der *Zenon von Kition* um 300 v. Chr. seine Lehrtätigkeit aufnahm.

Ein besonderes Merkmal der stoischen Philosophie ist die kosmologische, auf Ganzheitlichkeit der Welter-fassung gerichtete Betrachtungsweise, aus der sich ein in allen Naturerscheinungen und natürlichen Zusam-menhängen waltendes universelles Prinzip ergibt. Für den Stoiker als Individuum gilt es, seinen Platz in dieser Ordnung zu erkennen und auszufüllen, indem er durch die Einübung emotionaler Selbstbeherrschung sein Los zu akzeptieren lernt und mit Hilfe von Gelassenheit und Seelenruhe zur Weisheit strebt." (vgl. Stoa-AnthroWiki, 2019)

Die einprägsamste Kurzformel für das stoische Welt-bild hat - wie in manch anderer Hinsicht noch – Kaiser *Marc Aurel* als letzter der überlieferten bedeutenden Stoiker hinterlassen (Selbstbetrachtungen VII, 9):

„Alles ist wie ein heiliges Band
miteinander verflochten.

Nahezu nichts ist sich fremd.

Alles Geschaffene ist einander beigeordnet
und zielt auf die Harmonie derselben Welt.

Aus allem zusammengesetzt
ist eine Welt vorhanden,

ein Gott, alles durchdringend,

ein Körperstoff, ein Gesetz, eine Vernunft,
allen vernünftigen Wesen gemein,

so wie es auch eine Vollkommenheit
für all diese verwandten, derselben
Vernunft teilhaftigen Wesen gibt."

(vgl. Stoa-AnthroWiki, 2019)

Ethik

[...] „Nur ein lebenslanges Bemühen um Selbstformung, das auch den Herausforderungen von Schicksal und mitmenschlichem Umfeld standhält, schafft Aussicht auf die Seelenruhe des stoischen Weisen. Voraussetzung dafür ist eine ausgeprägte Affektkontrolle, die zur Freiheit von Leidenschaften (*Apatheia*), zu Selbstgenügsamkeit (*Autarkie*) und Unerschütterlichkeit (*Ataraxie*) führen soll. Unser heutiger Begriff der „stoischen Ruhe" geht auf diese Eigenschaften zurück. [...] Aus einem Urfeuer, dem Aither, entsteht alles Seiende: Aller Stoff (*Hyle*) ist durch göttliche Vernunft (*Logos*) beseelt. So ist die stoische Lehre gleichermaßen materialistisch wie pantheistisch: Das göttliche Prinzip durchwirkt den Kosmos in allen seinen Bestandteilen und ist (nur) in ihnen anzutreffen." (vgl. Stoa-AnthroWiki 2019)

Die Ethik der Stoa versteht den Menschen als Vernunftwesen, das zur Einsicht fähig ist. Anhand der Erscheinungen der Natur kann er göttliche Gesetzmäßigkeiten erkennen und sein Handeln danach richten. Das Christentum hat Teile der stoischen Philosophie adaptiert. Architektonische Spuren zeigen, dass aus der Säulenhalle mit Garten der Kreuzgang des Mittelalters geworden ist.

Seneca: Philosophie und Weisheit

„Zunächst will ich dir, wenn es dir recht scheint, den Unterschied zwischen Weisheit und Philosophie zeigen. Die Weisheit ist das vollendete Gut des menschlichen Verstandes. Philosophie ist die Liebe zur Weisheit und das Streben nach ihr. Diese strebt dahin, wo jene angelangt ist. Woher die Philosophie ihren Namen hat, ist klar; allein durch den Namen bekennt sie, was sie liebt. Die Weisheit haben einige definiert als das Wissen um die menschlichen und göttlichen Dinge. Andere wieder verstehen die Weisheit als die Kenntnis von den menschlichen und göttlichen Dingen und ihren Ursachen. Dieser Zusatz scheint mir überflüssig zu sein, weil die Ursachen der menschlichen und göttlichen Dinge ein Teil der göttlichen Angelegenheiten sind. Auch die Philosophie hat man bald so, bald anders definiert. Die einen sagen, sie sei das Streben nach sittlicher Verbesserung und Vollkommenheit, die anderen, sie sei das Mühen um die Verbesserung des Geistes, wieder andere bezeichnen sie als das Verlangen nach richtiger Einsicht. Dass es einen Unterschied zwischen Philosophie und Weisheit gibt, das steht fest, denn das, was erstrebt wird, und das, woraus das Streben besteht, kann nicht ein und dasselbe sein. Das ist etwa vergleichbar mit dem Unterschied zwischen Habgier und Geld, weil jene begehrt, dieses aber begehrt wird. So verhält es sich auch mit der Philosophie und der Weisheit: Letztere ist das Ergebnis und der Lohn der Ersteren. Die Philosophie ist der Weg, die Weisheit das Ziel."

(vgl. Die Philosophie der Stoa, 2001, S. 57)

Seneca: Aphorismen und Textauszüge

Besitz

Goldene Zügel machen ein Pferd nicht besser.

Am reichsten ist, wer arm an Begierden.

Das Geld hat noch keinen reich gemacht.

Was man nicht braucht – ist mit einem Heller noch zu teuer bezahlt.

Kaufe nicht, was du brauchst, sondern was nötig ist.

Wer viel hat, verlangt nach mehr.

Der Arme lacht öfter und herzlicher.

Alles ist fremdes Gut: nur die Zeit ist dein eigen.

[...] man mache „sich klar, um wieviel leichter es ist, keinen Besitz zu haben, als ihn zu verlieren, und wir werden einsehen, daß Armut ein umso geringerer Anlaß für Qualen ist, je weniger sie Verluste verursacht. [...]

Das sah auch Diogenes so, ein Mann von gewaltiger Geistesgröße, und er erreichte, daß man ihm nichts wegnehmen konnte. Nenne diesen Zustand Armut, Mangel, Bedürftigkeit oder belege die Sorglosigkeit mit jeder beliebigen schimpflichen Bezeichnung. [...] Wenn einer so an Diogenes' Glück zweifelt, kann er ebenso am Zustand der unsterblichen Götter zweifeln und sich fragen, ob sie ein zu wenig glückliches Dasein hätten." [...] (vgl. Seneca, 2010, S.46/47)

Am Grund kommt die Sparsamkeit zu spät.

Bei dem Weisen ist der Reichtum ein Diener; bei dem Toren spielt er den Herrn.

Sparsamkeit: allein schon eine Einnahmequelle.

Ein großes Vermögen ist eine große Sklaverei.

Nicht, wer viel hat, sondern wer viel wünscht, ist arm.

Freundschaft

[…] „Unter den Menschen, mit denen wir zu tun haben, ist auf jeden Fall eine Auswahl unerläßlich unter dem Gesichtspunkt, ob sie es wert sind, daß wir ihnen einen Teil unserer Zeit widmen, ob sie etwas von unserem Zeitverlust haben. [...]

[...] so müssen wir bei der Wahl unserer Freunde Mühe auf die Prüfung ihrer Charakteranlagen verwenden" [...] (vgl. Seneca, 2010, S.42/43)

Geist

Der Geist ist die Stütze des Körpers.

Die Redeweise ist Abbild des Geistes.

Die Philosophie lehrt handeln, nicht reden.

Ein Wissen, das wohlgeordnet ist, haftet besser in unserem Gedächtnis.

Nicht auf die Größe des Vermögens, sondern auf die die des Geistes kommt es an.

Die Natur hat uns den Samen des Wissens geschenkt, nicht aber das Wissen selbst.

Nicht ist die Philosophie ein volkstümliches Handwerk noch zur Schaustellung geschaffen: nicht in Worten, sondern in Taten besteht sie. Nicht dazu dient sie, in einer Art von Zerstreuung den Tag zu verbringen, der Muße den Überdruss zu nehmen.

Die Seele gestaltet und formt sie, das Leben ordnet sie, Handlungen lenkt sie, nötiges Tun und Lassen zeigt sie, sie sitzt am Steuer und durch die Gefahren des Wogenschwalls lenkt sie den Kurs. Ohne sie kann niemand furchtlos leben, niemand sorgenfrei.

Gesundheit

Ruhe lindert Leiden.

Ein Teil der Heilung war (schon immer) geheilt werden zu wollen.

Manches muss man heilen, ohne dass der Kranke davon weiß.

Krankheiten, unter denen wir leiden, sind nicht unheilbar, und uns, die wir zum Rechten geboren, hilft die Natur selbst, wenn wir Heilung nur wollen.

Glück

Glücklich leben und naturgemäß leben ist eins.

Das höchste Gut ist Harmonie der Seele mit sich selbst.

Wahre Freude ist eine ernste Sache.

Glückselig kann auch der genannt werden, der – von der Vernunft geleitet – nichts mehr wünscht und nichts mehr fürchtet.

Glück hat niemals ein Maß.

Glücklich ist nicht, wer anderen so vorkommt, sondern wer sich selber dafür hält.

Ohne Gefährten ist kein Glück erfreulich.

Glückselig ist, wer mit dem Bestehenden, wie es auch immer sei, zufrieden und mit seinen Verhältnissen befreundet ist.

Also in der Tugend liegt die wahre Glückseligkeit.

Glücklich zu leben wünscht jedermann; aber die Grundlagen des Glücks erkennt fast niemand.

Die Natur hat dafür gesorgt, dass es, um glücklich zu leben, keines großen Apparates bedarf, ein jeder kann sich glückselig machen.

Halte nie einen für glücklich, der von äußeren Dingen abhängt.

Jeder ist in dem Grade unglücklich, als er es zu sein glaubt.

Das Glück trägt seinen Sturz in sich selbst.

Ein Mensch, der nur an sich denkt und in allem seinen Vorteil sucht, kann nicht glücklich sein.

Gott

Im rechten Lebenswandel liegt die einzig würdige Gottesverehrung.

[...] „Ich will dich aussöhnen mit den Göttern, die gegen die Guten ganz gutgesinnt sind. Das kommt überhaupt in der gesamten Natur nicht vor, dass jemals das Gute dem Guten schadet. Gott und gute Menschen sind durch das Band der Tugend freundschaftlich miteinander verbunden. Ja mehr als Freundschaft besteht zwischen beiden: Verwandtschaft, Ähnlichkeit. Der Gute ist nur durch die Zeitlichkeit von Gott verschieden; er ist sein Schüler, Nachahmer, wahrer Abkömmling; und er, der erhabene Vater treibt ihn mit Ernst zur Tugend an und erzieht ihn ziemlich hart, [...] Er verzärtelt einen tüchtigen Menschen nicht, er erprobt ihn, härtet ihn ab, formt ihn, wie er ihn haben will. [...] Die Götter behandeln tüchtige Menschen daher nach dem gleichen Grundsatz, den die Lehrer bei ihren Schülern anwenden. Sie verlangen ja auch von denjenigen mehr Anstrengung, auf die sie begründete Hoffnung setzen." [...] (vgl. Seneca, 2009, S.134/146)

Leben, Lebenssinn

Leben muss man das ganze Leben hindurch lernen, und was dir vielleicht noch sonderbarer erscheint: all seine Lebtage muss man sterben lernen.

Doch man verliert am meisten von seinem Leben durch Aufschub. Der nimmt einen Tag nach dem anderen weg, der raubt uns die Gegenwart, indem er uns Hoffnung auf Künftiges macht.

Habe Vertrauen zum Leben – es trägt dich lichtwärts.

Das Leben ist wie eine Rolle aus dem Theater; es kommt nicht darauf an, dass lange, sondern dass gut gespielt wird.

Genieße das Leben ! In schnellem Lauf flieht es dahin.

Wie töricht ist es, Pläne für das ganze Leben zu machen, da wir doch nicht einmal Herren des morgigen Tages sind.

Konzentriere dich in deinem kurzen Leben auf wesentliche Dinge und lebe mit dir und der Welt in Frieden.

[…] „Es ist menschlicher, über das Leben zu lachen, als über es zu jammern." […] (vgl. Seneca, 2010, S. 78)

[…] „Es gilt zu überdenken,[46] ob dein Charakter mehr für ein tätiges Leben oder für mußevolles Sichversenken und geistige Betrachtung geeignet ist, und du musst dich neigen, wohin dich die Richtung deiner Begabung lenkt.[47]" […] (vgl. Seneca, 1984, S.33)

[…] Glücklich ist also dasjenige Leben, das mit seiner Natur in vollem Einklang steht. Dies Ziel zu erreichen ist aber nicht anders möglich als wenn zuvörderst der Geist gesund und im dauernden Besitz dieser seiner Gesundheit ist, wenn er ferner tapfer und voll Feuer ist, sodann auch im Leiden ein schönes Muster von Ergebenheit, in die Umstände sich schickend, achtsam auf den Körper und seine Bedürfnisse, doch nicht bis zur Ängstlichkeit, voll Bedacht auch für alles, was sonst zum Leben gehört, ohne die mindeste Überschätzung, bereit, des Schicksals Gaben zu nutzen, nicht aber, um sich zu ihrem Sklaven zu machen. Als Folge davon stellt sich […] andauernde Ruhe verbunden mit dem Gefühl der Freiheit ein unter Fernhaltung von allem, was uns reizt oder in Schrecken versetzt." […] (vgl. Seneca, Vom glücklichen Leben, 2010, S. 62/63)

Moral

Lebe so, dass nichts vorkommt, was nicht auch dein Feind wissen dürfte.

Lebe so mit deinen Mitmenschen, als ob Gott es sähe.

Entweder ist es ein Mächtiger, der dich beleidigt hat, oder ein Schwächerer. Ist er schwächer, so schone ihn; ist er mächtiger, schone dich.

Bestätige deine Worte mit der Tat.

Unser Inneres soll von der großen Menge verschieden sein; unser Äußeres passe sich ihr an.

Erfährst du, dass jemand schlecht über dich gesprochen hat, so überlege, ob du es nicht zuerst getan hast und über wie viele du selbst sprichst.

Vieles wirst du geben, wenn du auch gar nichts gibst als nur das gute Beispiel.

Was das Gesetz nicht verbietet, verbietet der Anstand.

Schicksal

Das Schicksal nimmt nichts, was es vorher nicht gegeben hat.

Unvermeidliches trage mit Gleichmut.

[…] „Man muß sich alles leichter machen und fügsam ertragen; es steht dem Menschen besser an, das Leben zu belachen, als es zu beweinen. […]

[…] „dann aber, sobald sie aber einmal den Vorsatz gefaßt haben, sich nicht mehr dadurch belästigt zu fühlen, sondern sich in ihr Schicksal zu fügen, lehrt sie die Not, ihr Schicksal tapfer, die Gewohnheit, es leicht zu tragen. In jeder Lebenslage wirst du Lebensgenuß, Möglichkeiten zur Entspannung und zu Vergnügungen finden, wenn du es über dich gewinnst, Schlimmes eher für erträglich zu halten, als es dir verhaßt zu machen.

Aus keinem anderen Grund hat sich die Natur um uns verdient gemacht: sie hat, da sie wußte, zu welchen Unbilden wir geboren werden, zur Linderung unseres Ungemachs die Gewohnheit erfunden, die bald auch das Schwerste vertraut macht.

Niemand hielte es aus, wenn andauerndes Unglück dieselbe Wucht hätte wie der erste Schlag. Es kann Hartes weich und Enges erweitert werden, und Schweres, wenn man es denn mit Verstand trägt, weniger drücken." […] (vgl. Seneca, 2010, S.62,63)

„Denn Hartnäckigkeit, der das Schicksal oft etwas entwindet, muss oft mit bangem Sorgen und Unglück verbunden, und andererseits Leichtfertigkeit, die sich auf kein Ziel beschränkt, schwerere Belastung sein. Beide Fehler sind eine Bedrohung innerer Ausgeglichenheit: nichts verändern und nichts vertragen können."
(vgl. Seneca,1984, S. 63)

Tod

Wir fürchten nicht den Tod, sondern den Gedanken an ihn.

Nicht nur einen Tod gibt es. Der uns dahinrafft, ist nur der letzte.

Ist das Sterben ein Unglück, so müsse es auch ein Unglück sein, vorher nicht da zu sein.

Kinder, junge Leute und Verrückte fürchten den Tod nicht. Es wäre doch eine Schande, wenn uns die Vernunft nicht dasselbe verschaffen könnte.

Die Asche macht alle gleich.

[...] „Dorthin zurückzukehren, woher du gekommen bist, – was ist daran schmerzlich? Schlecht wird leben, wer nicht versteht gut zu sterben. [...] (vgl. Seneca 1984, S.53)

Wer den Tod fürchtet, wird nie etwas tun, was man von einem lebensfrohen Menschen erwarten kann." [...] (vgl. Seneca, 2010, S. 62)

Der, den du verloren zu haben glaubst, ist nur vorausgegangen. Ist es nicht unsinnig, den zu beweinen, der schon am Ziele angekommen ist, wenn man denselben Weg noch vor sich hat?

[…] „Die Freunde waren traurig, da sie solch einen Mann verlieren sollten. „Was seid ihr traurig?" sagte er; „ihr wollt wissen, ob die Seelen unsterblich seien: ich werde es bald wissen." Und so ließ er selbst in seiner Todesstunde nicht davon ab, nach der Wahrheit zu forschen und aus seinem eigenen Tod Stoff für eine philosophische Fragestellung zu ziehen. Es begleitete ihn sein Hausphilosoph, und nicht mehr fern war der Hügel, wo man dem Kaiser, unserem Gott, das tägliche Opfer darzubringen pflegte. Da fragte der Philosoph: „Was denkst du jetzt, Canus? Oder wie ist dir zumute?" „Ich habe mir vorgenommen," erwiderte Canus, „in jenem flüchtigsten aller Augenblicke zu beobachten, ob sich die Seele dessen bewußt sein wird, daß sie den Körper verläßt," und er versprach, wenn er darüber etwas herausgefunden habe, bei seinen Freunden der Reihe nach zu erscheinen und ihnen mitzuteilen, wie es mit den Seelen stehe.

Sieh, welch Ruhe mitten im Sturm !" […]

(vgl. Seneca, 2010, S. 75/76)

Tugend

Suche die Einfachheit in allen Dingen.

Niemals kann nicht der rechte Ort für Tugend gegeben sein.

Tugend hat mir den Weg zu den Sternen und selbst zu den Göttern geöffnet.

Niemand ist zufällig gut, die Tugend muss man lernen.

Die Tugend ist sich selbst ihr Lohn.

Das einzige Gut ist die Tugend, die zwischen Glück und Unglück einherwandelt und beide verachtet.

Niemand kann lange eine Maske zur Schau tragen. Das künstlich Angenommene wird leicht von der eigenen Schau durchbrochen.

Den Charakter kann man auch aus den kleinsten Handlungen erkennen.

Gold wird durch Feuer geprüft, tapfere Menschen durch Not.

Weisheit

Der Weise tut nichts gegen seinen Willen.

Selten tritt dem Weisen das Schicksal in den Weg.

Weise Lebensführung gelingt keinem Menschen durch Zufall. Man muss, solange man lebt, lernen, wie man leben soll.

Niemand war je durch Zufall weise.

Weisheit muss man sich erleiden.

(die nicht durch Anführungszeichen gekennzeichneten Aphorismen sind entnommen der Quelle: Knischek, Stefan, 1999, S.31 ff)

Seneca - Questiones Naturales

(übersetzt aus Quelle: Hine, 1981, An edition with Commentary of Seneca. Natural Questions/Seneca, Leben und Werk)

Senecas umfangreiches Werk *Naturales Questiones* wurde von Goethe hoch gelobt wegen seiner Naturschilderungen.

[…] „Es ist beherrscht von der Idee, dass überall, und auch noch im scheinbar Regellosesten, dem Wetter, […] die kosmische Ratio walte, die dem Stoiker Gott war." […] (vgl. Hine, 1981, S.145)

Kapitel 10 – 11:   Die Natur der Atmosphäre

Seneca erklärt, dass in der Atmosphäre drei Schichten unterschieden werden können; die oberste, die dem Äther, den Planeten und Gestirnen am nächsten ist. Sie empfängt die Hitze von dort aus. Die unterste, am nächsten zur Erde, empfängt Hitze und Dämpfe von der Erdoberfläche; die mittlere, sie bleibt verhältnismäßig kalt und inaktiv.

Kapitel 9: Empirische Beweise von der Spannung der Luft

Die Beweise, die Seneca anbietet, erscheinen in drei Gruppen.

1. Die Atmosphäre selbst ist in Spannung gehaltene Luft, bewiesen an der Art, wie Licht und Ton durch sie reisen.

2. Wasser enthält Luft in Spannung, bewiesen durch das Sprengen von Flüssigkeiten, durch das Treiben von festen Körpern auf dem Wasser und durch das Zurückprallen einer Diskusscheibe zur Wasser-oberfläche.

3. Feste Körper enthalten Luft in Spannung, bewiesen durch die Art, wie der Ton durch sie hindurchdringt.

Nichts von Senecas ‚Beweisen‘ ist in anderen stoischen Quellen zu finden und es kann sich um Senecas eigene Erfindung handeln.

Englische und deutsche Textauszüge

Im Allgemeinen lesen sich englische Gedichte und Texte weicher und melodiöser als die unserer harten deutschen Sprache. Aus diesem Grund finden sich im Folgenden Texte von Seneca in Englisch *und* Deutsch. Es sollen sich in erster Linie Liebhaber der englischen Sprache angesprochen fühlen.

Seneca's Life

„Lucius Annaeus Seneca was born in 4 BC or earlier in Cordoba, now southern Spain, into a family of great wealth and intellectual accomplishment. His father was Lucius Annaeus Seneca the Elder, otherwise known as Seneca the Rhetorician, who helped shape Roman education with his treatises. [...]

[...] Although he was a sickly boy, suffering from a tubercular condition – so much that he contemplated suicide, but refrained for his father's sake – Seneca became famous early on as a politician and public speaker, becoming a magistrate, and then a junior advocate. When he became known enough to inspire Caligula's jealousy, he withdrew from public life. But following Caligula's assassination, Seneca became politically active again. It was a time of corruption and greed, in which assassination, suicide, and exile, and not the institutions of the old Republic, characterized the ensuing power struggles. At the beginning of Claudius's reign, Seneca was accused by the empress, Messalina, of adultery with

Caligula's sister, Julia Livilla, and was sent to Corsica for eight hard years, losing his liberty and contact with his wife and son.

Devastated, he wrote philosophical essays full of Stoic maxims later quoted by generations of schoolboys studying Latin. Messalina was executed in AD 48.A year later, following Agrippina's machinations on behalf of her son Nero, Seneca was recalled to Rome to serve as a private tutor for the teenager, as well as a praetor in the bureaucracy of the government.

When Agrippina finally succeded in poisoning Claudius, Seneca became part of a group of the men who ruled Rome on young Nero's behalf. He used his political power and oratory skill, he was perhaps the first speechwriter in history, to keep the empire steady and Nero entertained. He even wrote Nero's hypocratical elegy for the murdered Claudius, and a nasty satire on the late emperor's deification (the *Apocolocyntosis,* or *Pumpkinification*), works which do not happily serve Seneca´s reputation. Seneca's mentorship of Nero, guided by pragmatism and moral compromise, suggests a gulf between his writing and his own actual conduct. Inevitably, Nero came into his own. After botching an effort to kill his mother in AD 59, which involved a boat and lead wheights, Nero got advice from Seneca while he figured out how to finish the job. [...]

[…] In AD 65, a conspiracy grew to assassinate Nero, but the plot was exposed at the last minute by a servant. Badly shaken, Nero attempted to wipe out anybody he thought might have been involved. Among these was

Seneca, his former mentor and adviser. Upon the arrival of Nero's men at his home, Seneca attempted to use his eloquence one last time by rebutting Nero's accusations in a letter; Nero's response was to order his soldiers to force Seneca to kill himself without leaving a will.

Tacitus claims in his *Annales* that Seneca told his comrades, ‚*quod unum iam et tamen pulcherriumu habeat, imaginem uitae suae'* - ‚Since I am forbidden to show you gratitude four service, I give you the only possession: my life, and the way I lived it.'

He then exclaimed, ‚After murdering his own mother and brother, he completes the job by killing his teacher and tutor.' " (vgl. Don Share, 1998, S. 14,15)

Deutsch – englische Textauszüge

Trost für Helvia

Consolation to Helvia

Anmerkungen zu den Exzerpten 1 - 5

Aus dem Exil schreibt Seneca an seine Mutter. Er tröstet sie nicht mit belanglosen Worten, seine Philosophie vermittelt ihr glaubwürdig, dass er im Exil nicht leidet. Seine Erkenntnisse, seine Erfahrungen und die Beschäftigung mit geistigen Dingen lassen ihn die Verbannung innerlich frei und mit Gleichmut tragen.

In der Diskrepanz zwischen Materie und Geist sieht er das Dilemma, in dem die Menschen an Gier und an der Bürde irdischer Güter ersticken. Senecas Überzeugung, dass Seele und Geist frei und unsterblich sind, führt ihn im Exil zu grundlegenden Betrachtungen über Himmel und Erde.

Trost für Helvia

[**Exerpt 1** – übersetzt aus Quelle: Seneca, On the Shortness of Life, 2004]

Wir sind unter Bedingungen geboren, die günstig sein sollten, so lange wir sie nicht verlassen. Es lag nicht in der Absicht der Natur, dass wir eine große Ausrüstung für ein gutes Leben benötigen: Jeder kann selbst für sein Glück sorgen.

Äußerliche Güter sind von oberflächlicher Wichtigkeit und in jeder Hinsicht ohne Einfluss: Den Weisen erhöhen Wohlstand und Reichtum nicht, widrige Lebensumstände drücken ihn nicht nieder.

Da er stets Anstrengungen unternommen hat, sich soweit wie möglich auf sich selbst zu verlassen und alle Lebensfreude aus sich selbst zu schöpfen – was also gibt es zu fragen? Nenne ich mich selbst einen Weisen? Gewiss nicht. Wenn ich einen Anspruch darauf erheben könnte, würde ich nicht nur leugnen, dass es mir erbärmlich erging, aber ich würde behaupten, dass ich der glücklichste aller Menschen bin, der nahe zu Gott gekommen ist.

Nachdem ich Ausreichendes tue, um jedes Elend zu lindern, ist es so, dass ich mich weisen Männern angeschlossen habe. Weil ich noch nicht stark genug bin, um mir selbst zu helfen, bin ich in ein anderes Lager übergetreten – ich meine jene, die sich selbst und ihre Schüler leicht schützen können.

Consolation to Helvia [E**xcerpt 1**/Quelle: Seneca, On the Shortness of Life, 2004, S. 38/39]

[…] „We are born under circumstances that should be favourable if we did not abandon them. It was nature's intention that there should be no need of great equipment for a good life: every individual can make himself happy.

External goods are of trivial importance and without much influence in either direction: prosperity does not elevate the sage and adversity does not depress him. For he has always made the effort to rely as much as possible on himself and derive all delight from himself. So what? Am I calling myself a sage? Certainly not. For if I can claim that, not only would I be denying that I was wretched but be asserting that I was the most fortunate of all men and coming close to god.

As it is, doing what is sufficient to alleviate all wretchedness, I have surrendered myself to wise men, and as I am not yet strong enough to help myself I have gone over to another camp – I mean those who can easily protect themselves and their followers.

Sie befahlen mir einen festen Standpunkt zu vertreten und wie ein Wachposten alle heftigen Angriffe des Schicksals, lange bevor sie mich treffen, vorherzusehen.

Es trifft jene schwer, die es nicht erwarten; der Mensch, der es stets erwartet, wird ihm leicht standhalten. Denn des Feindes Ankunft treibt auch jene auseinander, die einen Schlag erhalten haben, auf den sie nicht gefasst waren. Aber diejenigen, welche sich richtig aufgestellt und gerüstet im Voraus auf den kommenden Konflikt eingestellt haben, halten dem ersten heftigen Angriff, der der gewaltigste ist, leicht stand.

Ich habe dem Schicksal niemals getraut, sogar dann nicht, wenn es Frieden anzubieten schien. All jene segensreichen Dinge, die es mir freundlich zuteilwerden ließ – Geld, öffentliche Ämter, Einfluss - habe ich an zweite Stelle verbannt, von wo aus es sie zurückfordern könnte, ohne dass es mir Sorgen bereitete. Ich ließ eine weite Kluft zwischen ihnen und mir, mit dem Ergebnis, dass es sie mir weggenommen hat. Kein Mensch wird von den Schlägen des Schicksals getroffen, ohne zuerst von seinem Wohlwollen getäuscht worden zu sein.

Diejenigen, die seine Geschenke liebten, als ob sie für immer ihr eigen wären, die wünschten, derenthalben bewundert zu werden, sind betrübt und grämen sich, sobald die falschen und vorübergehenden Freuden ihren hohlen und kindischen Verstand verlassen; beständige und dauerhafte Freuden kennen sie nicht.

They have ordered me to take a firm stand, like a sentry from guard, and to foresee all the attacks and all the onslaughts of Fortune long before they hit me.

She falls heavily on those to whom she is unexpected; the man who is always expecting her easily withstands her. For an enemy's arrival too scatters those whom it catches off guard; but those who have prepared in advance for the coming conflict, being properly drawn up and equipped, easily withstand the first onslaught, which is the most violent.

Never have I trusted Fortune, even when she seemed to offer peace. All those blessings which she kindly] bestowed on me – money, public office, influence – I relegated to a place whence she could claim them back without bothering me. I kept a wide gap between them and me, with the result that she has taken them away.

No man was shattered by the blows of Fortune unless he was first deceived by her favours.

Those who loved her gifts as if they were their own for ever, who wanted to be admired on account of them, are laid low and grieve when the false and transient pleasures desert their vain and childish minds, ignorant of every stable pleasure.

Aber der Mensch, der in guten Zeiten nicht übermütig ist, bricht auch nicht zusammen, wenn die Zeiten sich ändern. Seine Standhaftigkeit ist schon geprüft und angesichts jeder beliebigen Lebensbedingung behält er seine Vernunft bei: da er inmitten allen Wohlstandes seine eigene Stärke gegen die Widrigkeiten des Lebens versucht und geübt hat.

But the man who is not puffed up in good times does not collapse either when they change. His fortitude is already tested and he maintains a mind unconquered in the face of either condition: for in the midst of prosperity he has tried his own strength against adversity. So I have never believed that there was any genuine good in the things which everyone prays for; what is more, I have found them empty and daubed with showy and deceptive colours, with nothing inside to match their appearance." [...]

Trost für Helvia   [**Exzerpt 2** – übersetzt aus Quelle: Seneca, 2004, On the Shortness of Life]

Ich habe Menschen getroffen, die sagen, dass es im menschlichen Geist eine Art angeborener Rastlosigkeit gäbe und auch das Bedürfnis seinen Aufenthalt zu wechseln. Denn der Mensch ist mit einem veränderlichen und unsteten Geist ausgestattet: weil er nirgendwo zur Ruhe kommt, schwirrt er herum und richtet seine

Gedanken zu allen bekannten und unbekannten Orten, gleich einem Wanderer, unfähig Ruhe und Freuden in neuen Dingen zu finden.

Dies überrascht nicht, wenn man seine Ursprungsquelle betrachtet: Der menschliche Verstand wurde nicht aus schwerem Stoff gemacht, sondern kam vom himmlischen Geist: aber himmlische Dinge sind von Natur aus immer in Bewegung, flüchtig und äußerst schnell vorangetrieben. Schau die Planeten an, die die Welt erhellen: nicht ein einziger befindet sich im Ruhezustand. Sich von Ort zu Ort bewegend gleitet die Sonne beständig und obwohl sie sich mit dem Universum dreht, ist ihre Bewegung trotzdem entgegengesetzt zu der des Firmaments: Sie rast durch alle Tierkreiszeichen und hält niemals an; ihre Bewegung ist immerwährend, da sie von einem Punkt zum anderen reist. Für ewig ziehen alle Planeten ihre Bahnen: so wie das zwingende Gesetz der Natur es bestimmt hat, werden sie von Punkt zu Punkt getragen. Wenn sie ihren Lauf durch festgelegte wiederkehrende Zeitabläufe erfüllt haben, werden sie von neuem auf ihren Kreisbahnen beginnen.

Consolation to Helvia [Excerpt 2 / Quelle: Seneca, 2004, On the Shortness of Life, S.41/42]

[…] „I've come across people who say that there is a sort of inborn restlessness in the human spirit and an urge to change one's abode; for man is endowed with a mind that is changeable and unsettled: nowhere at rest, it darts about and directs its thoughts to all places known and unknown, a wanderer which cannot endure repose and delights in novelty.

This will not surprise you if you consider its original source. It was not made from heavy material, but came down from that heavenly spirit: but heavenly things are by nature always in motion, fleeing and driven on extremely fast. Look at the planets that light up the world: not one is at rest.

The sun glides constantly, moving on from place to place, and although it revolves with the universe its motion is nevertheless opposite to that of the firmament itself: it races through all the signs of the zodiac and never stops; its motion is everlasting as it journeys from one point to another. All the planets forever move round and pass by: as the constraining law of nature has ordained they are borne from point to point. When through fixed periods of years they have completed their courses they will start again upon their former circuits.

Wie einfältig also zu denken, dass der menschliche Geist, der aus denselben Elementen wie die göttlichen Wesen gebildet ist, sich der Bewegung und dem Ortswechsel widersetzt, während die göttliche Natur Freude und sogar Selbsterhaltung in beständiger und sehr schneller Veränderung findet.

How silly then to imagine that the human mind, *which is formed of the same elements as the divine beings,* objects to movement and change of abode, while the divine nature finds delight and even self-preservation in continual and very rapid change." [...]

Trost für Helvia [**Exzerpt 3** – übersetzt aus Quelle: On the Shortness of Life]

Von welchem Standpunkt der Erdoberfläche auch immer man zum Himmel aufsehen wird, es liegt dieselbe Entfernung zwischen dem Reich der Götter und dem der Menschen.

Folglich, vorausgesetzt, meine Augen sind nicht verschlossen von jenem Schauspiel, von dem sie niemals müde werden; *vorausgesetzt,* ich darf zur Sonne und zum Mond emporblicken und die anderen Gestirne betrachten; *vorausgesetzt,* ich darf ihren Auf- und Untergang, ihre wiederkehrenden Zeitabläufe und die Ursachen verfolgen, weshalb sie schneller oder langsamer reisen; *vorausgesetzt,* ich darf alle Gestirne, die nachts scheinen, betrachten – einige fest am Himmel, andere nicht weit entfernt reisend, sondern im selben Gebiet kreisend; einige, die plötzlich vorwärts schießen und andere, die das Auge mit streuendem Feuer blenden, als ob sie gerade dabei sind zu fallen oder zurückgleiten mit einem langen Schweif von blendendem Licht; *vorausgesetzt,* ich kann mit ihnen Zwiesprache halten und mich dem Göttlichen anschließen, soweit Menschen das können; *vorausgesetzt,* ich kann meinen Geist immer aufwärts richten, bemüht um eine Vision gleichgearteter Dinge; *welche Rolle also spielt es, auf welchem Boden ich stehe ?*

Consolation to Helvia [Excerpt 3 / Quelle: Seneca, 2004, On the Shortness of Life, S. 45/46]

[…] „From whatever point on the earth's surface you look up to heaven the same distance lies between the realms of gods and men.

Accordingly, *provided* my eyes are not withdrawn from that spectacle, of which they never tire; *provided* I may look upon the sun and the moon and gaze at the other planets; *provided* I may trace their risings and set-tings, their periods and the causes of their travelling fas-ter or slower; *provided* I may behold all the stars that shine at night – some fixed, others not travelling far a-field but circling within the same area; some suddenly shooting forth, and others dazzling the eye with scat-tered fire, as if they are falling, or gliding past with a long trail of blazing light; *provided* I can commune with these and, so far as humans may, associate with the divine, and *provided* I can keep my mind always directed up-wards, striving for a vision of kindred things – *what does it matter which ground I stand on ?"* […]

Trost für Helvia [Exzerpt 4 – übersetzt aus Quelle: Seneca, 2004, On the Shortness of Life]

All jene Dinge, die vom ungebildeten Geist verehrt und für den Körper zum Sklaven gemacht werden – Marmor, Gold, Silber, große, runde polierte Tische – sind irdische Bürden, die eine reine und sich ihrer Natur bewusste Seele nicht lieben kann; denn sie ist leicht und unbelastet und dazu bestimmt, in die Luft emporzusteigen, wann immer sie vom Körper freigegeben wird. In der Zwischenzeit, soweit sie nicht von unseren Gliedern und dieser schweren Bürde behindert wird, betrachtet sie mit raschem und fliegendem Denken das Göttliche.

Aus diesem Grund kann die Seele im Exil niemals leiden. Sie ist frei, verwandt und gleich mit dem Göttlichen, dem Universum und mit jeder Zeit.

Denn ihr Denken umfasst die Gesamtheit des Himmlischen, auch Reisen in jede vergangene und zukünftige Zeit. Dieser erbärmliche Körper, die Kette und das Gefängnis der Seele, wird hin und her geworfen. Ihm sind Strafe, Ausbeutung, Krankheit und verheerender Schaden auferlegt. Aber die Seele selbst ist heilig und ewig und kann nicht von Gewalt befallen werden.

Consolation for Helvia   [**Excerpt 4** / Quelle: Seneca, 2004
On the Shortness of Life, S. 53/54]

[…] "All those things which are revered by minds un-taught and enslaved to their bodies – marble, gold, sil-ver, great round polished tables – are an earthly burden which a soul pure and conscious of its nature cannot love; for it is light and unencumbered, and destined to soar aloft whenever it is released from the body. Mean-while, so far as it is not hampered by our limbs and this heavy burden that envelops us, it surveys things divine with swift and winged thought.

So the soul can never suffer exile, being free and akin to the gods and equal to all the universe and all time.

For its thought encompasses the whole of heaven, and journeys in all past and future time. This wretched body, the chain and prison of the soul, is tossed hither and thither; upon it punishment and pillage and disease wreak havoc: but the soul itself is holy and eternal, and it cannot be assailed with violence […]. "

Trost für Helvia [**Exzerpt 5** – übersetzt aus Quelle: Seneca, 2004, On the Shortness of Life]

Jedoch, was immer du tust, deine Gedanken werden sich unvermeidlich und beständig zu mir wenden, zu keinem deiner anderen Kinder werden sie öfter kommen; nicht, weil sie dir gegenüber weniger liebenswert sind, sondern weil es natürlich ist, dass du öfter den Teil berührst, der dir weh tut. Daher ist dies die Art, wie du an mich denken sollst: glücklich und heiter wie unter den besten Lebensumständen.

Denn sie sind sehr gut, da mein Geist frei und ohne jegliche Belastung für seine eigenen Aufgaben ist, jetzt zunehmend in dem Bestreben, über Wahrheit, seine eigene Natur und die des Universums nachzudenken.

Mein Geist sucht zuerst danach über Länder und Örtlichkeiten Wissen zu erlangen, dann über das umgebende Meer und seine Gezeiten. Danach studiert er die beeindruckende Ausdehnung zwischen Himmel und Erde – diesen nahen Raum, stürmisch erfüllt von Donner, Blitz, Stürmen, von fallendem Regen, Schnee und Hagel.

Schließlich, nachdem er zu den Ursprüngen der niederen Bereiche vorgedrungen ist, bricht er durch zu den Höhen. Er genießt das edelste Sehen des Göttlichen und Geist erfüllt die eigene Unsterblichkeit. Sie reicht durch alle Ewigkeiten hindurch über alles, was jemals war und jemals sein wird.

Consolation to Helvia   [**Excerpt 5** / Quelle: Seneca, 2004
On the Shortness of Life, S. 67]

[...] „However, whatever you do, inevitably your thoughts will turn to me constantly, and none of your other children will come to your mind more often, not because they are less dear to you but because it is natural to touch more often the part that hurts. So this is how you must think of me – happy and cheerful as if in the best circumstances.

For they are best, since my mind, without any preoccupation is free for its own tasks, now delighting in more trivial studies, now in its eagerness for the truth rising up to ponder its own nature and that of the universe.

It seeks to know first about lands and their location, then the nature of the encompassing sea and its tidal ebb and flow. Then it studies all the awesome expanse which lies between heaven and earth – this near space turbulent with thunder, lightning, gales of wind, and falling rain, snow and hail.

Finally, having scoured the lower areas it bursts through to the heights and enjoys the noblest sight of divine things and mindful of its own immortality, it ranges over all that has been and will be throughout all ages" [...]

Es folgen Gedichte aus dem Frühneuenglischen:

(Quelle: Don Share, 1998. Seneca in English, S. 80/122/132)

Translated out of Seneca

„You vnto whome hee that rules sea and land

of lyfe and death grants the lawgiuing hand

puft vp and sullein hawty lookes forbeare

That wch from yow the meaner man doth feare

the same to yow, a greater lorde doth threate

All power is vnder heauyer power sett:

He whoe of coming day was lofty fownd

him the departing day saw on the grownd

let no man trust to much to seasons fayre

let none cast down of better tymes despayre."

In another place

„So when wth out all noyse of mee

the dayes shall ouerpassed bee

a homely olde man I shall dy

On him a heauy death doth ly

whoe vnto all men to much known

vnto himself doth dy vnknown"

Troas

(John Wilmot, 2nd Earl of Rochester, 1647 – 1680)

After Death, Nothing is, and Nothing, Death,

The utmost Limit of a gasp or Breath:

Let the Ambitious Zealot lay aside

His Hopes of *Heav'n* (whose Faith is but his Pride

Let *Slavish Souls* lay by their Fear,

Nor be concern'd which way, nor where,

After this Life they shall be hurl'd,

Dead, we become the *Lumber* of the *World,*

And to that *Mass* of *Matter* shall be swept,

Where things *destroy'd* with things *unborne* are kept.

Devouring Time swallows us whole,

Impartial *Death* confounds *Body* and *Soul*:

For *Hell*, and the foul *Fiend,* that rules

God`s everlasting fiery *Goals*,

Devis'd by *Rogues*, dreaded by *Fools*,

(With his grim griezly *Dog,* that keeps the *Door,)*

Are sensless *Stories, idle Tales,*

Dreams, Whimsies, and no more."

Translation of the chorus of the second act of **Thyestes**
was published in 1681

(Andrew Marvell 1621-1678)

„Climb at court for me that will

Giddy favour's slippery hill:

All I seek is to lie still.

Settled in some secret nest,

in calm leisure let me rest,

And far off public stage

Pass away my silent age.

Thus when without noise, unknown,

I have lived out all my span,

I shall die, without a groan,

An old honest countryman

who exposed to others' eyes

Into his own heart ne'er pries,

Death to him's strange surprise."

Lateinische und deutsche Textauszüge

Seneca — De Beneficiis

Über das Erweisen von Wohltaten *[über-setzt aus Quelle: Additional Essays on Seneca, Seneca on the Bestowal of Benefits, 2009]*

„...Hoc est magni animi et boni proprium est,

non fructum beneficiorum sequi,

sed ipsa et post malos quoque bonum quaerere….

(De Beneficiis 1.1.12)

Dies ist das Wesen einer großen und ehrbaren Seele:

nicht die Frucht der Wohltaten zu verfolgen,

sondern um ihrer selbst willen

und nachdem man böse Menschen getroffen hat,

weiterhin den guten zu suchen.

Während des Wohltätigseins gleicht der edle Mensch den unsterblichen Göttern, die Freundlichkeiten sogar für Frevler und Nutzlose bereithalten. *(De Beneficiis 1.1.9)*

Eine wirklich großzügige Person ist wohltätig aus der Freundlichkeit ihres Herzens; sie sucht nicht - wie der Geldverleiher– eine Gegenleistung, sie betrachtet Wohltaten gegenüber jenen, die mit menschlicher Schwäche behaftet sind, als Mittel um deren verhärtete und gleichgültige Seelen zu erweichen. *(De Beneficiis 1.31.)*

Seneca und seine Einstellung zu Freundschaft und Liebe

(übersetzt aus Quelle: Additional Essays on Seneca, Seneca and Love, 2009)

Obwohl Liebe und Freundschaft so viel gemeinsam haben, ist das Gefühl der Liebe intensiver als das der Freundschaft [...]

In beiden Fällen jedoch – in der Liebe und in der Freundschaft – bietet Seneca einen kleinen Zaubertrank für ihren Erwerb und ihre Erhaltung an. Er zitiert den Philosophen Hekaton (1.Jhd. v. Chr.), der sagt:

`Ego tibi monstrabo amatorium

sine medicamento, sine herba,

sine ullius veneficae carmine:

si vis amari, ama`.

(Epistula 9.6)

Ich werde dir einen Liebestrank zeigen

ohne eine Droge, ohne ein Kraut,

ohne den Zauber irgendeiner Hexe:

Wenn du geliebt werden willst, dann liebe.

Indem Seneca die Liebe auf diese Weise betrachtet, behauptet er, dass sie ein ehrbares Empfinden ist, dem man nachgeben sollte und das so oft wie möglich geteilt werden sollte mit denen, die es verdienen:

„...amicis avide fruamur,

quia quamdiu contingere hoc possit incertum est.“

(Epistula 63.8)

Lasst uns eifrig unsere Freunde genießen, da es unge-wiss ist, für wie lange dieser Segen auf unser Los fallen wird.

Doch sogar, wenn sie gegangen sind, werden ihre Liebe und ihr Andenken still mit uns verweilen, indem sie uns beruhigende und freundliche Erinnerungen an-bieten.

„Mihi crede,

magna pars ex iis,

quos amavimus,

licet ipsos casus abstulerit,

apud nos manet.“

(Epistula 99.4)

Glaube mir,

ein großer Teil von jenen,

die wir geliebt haben,

bleibt bei uns,

auch wenn das Schicksal

sie uns weggenommen hat.

Seneca fügt in seinem lakonisch pointierten Stil hinzu

„Habui… illos tamquam amissurus,

amisi tamquam habeam."

(Epistula 63.7)

Ich… habe sie gehabt,

obwohl ich sie verlieren werde,

ich habe sie verloren,

obwohl ich sie [noch] habe.

„… omne hoc, quod vides,

quo divina atque humana conclusa sunt,

unum est; membra sumus corporis magni.

Natura nos cognatos edidit […]

Haec nobis amorem indidit et sociabiles fecit

Habeamus in commune; nati sumus.

Societas nostra lapidum fornicationi simillima est,

quae casura, nisi in vicem obstarent…"

…alles, was du siehst,

das das Göttliche und die menschlichen Dinge umfasst,

ist eine **Einheit.**

Die Natur hat uns in Beziehung zueinander entstehen lassen.

Sie flößte uns gegenseitige Liebe ein und machte uns verträglich […]

Lasst uns alles gemeinsam tragen!

Wir entstammen einer gemeinsamen Quelle.

Unsere Mitmenschen sind vergleichbar mit einem Steinbogen,

der auseinanderfallen würde,

wenn einer den anderen nicht stützen würde.

Seneca erinnert uns wiederholt daran, dass keiner von uns vollständig für sich selbst leben kann:

„Alteri vivas oportet,
si vis tibi vivere."

*Du musst für den Anderen leben,
wenn du für dich selbst leben willst.*

Dass Seneca für andere lebte, wird in vielen seiner literarischen Werke offenkundig, die er an Familienmitglieder und Freunde, für die er tiefste Zuneigung empfand, adressierte. Die *Epistulae Morales* schrieb er an Lucilius, *De Tranquilitate Animae* an Serenus, *De Beneficiis* an Aebutius Liberalis, *De Ira* an Novatus, *De Vita Beata* an Gallio, *De Brevitate Vitae* an Paulinus, *Consolationes* an Helvia und Marcia.

Darüber hinaus ist die gegenseitige Liebe, die zwischen Seneca und seiner Frau Paulina bestand, höchst erwähnenswert. Dieser Bund der Liebe zwischen ihnen war so tief, dass Paulina, als Nero Seneca befahl sich selbst zu töten, darauf bestand ihren Mann zu begleiten und ihr Leben ebenfalls zu beenden. Seneca versuchte zuerst sie davon abzuhalten, gab aber dann schließlich nach.

Senecas Einstellung zum Schicksal und zu Gott

(übersetzt aus Quelle: Seneca on the Self, Seneca on Fortune and the Kingdom of God, 2009)

Senecas Ideal des tapferen Römers als Kämpfer gegen das Schicksal ist ein neuer Heldentyp. Gegründet auf neue Ideale wird diese Struktur von stoischen Moralprinzipien und der römischen Vorstellung vom Schicksal gemeinsam beeinflusst. Durch das Neubesetzen des stoischen Schicksals als antagonistisches Schicksal legt Seneca das Fundament für die Moral des Widerstandes. Der Held bei Seneca akzeptiert nicht mit Gleichmut, was immer auch geschieht, er handelt vielmehr mit äußerster Kraft, um jedem Angriff gegen die eigene Integrität zu trotzen. Nach Senecas Auffassung gehören alle Menschen durch die Geburt zum Königreich Gottes und die Freiheit besteht darin, die Härten des menschlichen Lebens in Gehorsam gegenüber diesem Herrscher zu ertragen. Senecas Vorstellung suggeriert einen Kontrast zum Römischen Empire, in dem es für die Soldaten Brauch war dem Herrscher den Treueeid zu schwören.

In seinem *Trost für Marcia (10.6)* beschreibt er dieses Königreich in schonungslos negativen Aussagen:

„... in regnum fortunae

et quidem durum atque invictum pervenimus:

illius arbitrio digna atque indigna passuri."

Wir sind in das Königreich des Schicksals gekommen,

das in der Tat hart und unbesiegbar ist,

um in seinem Ermessen zu leiden,

was wir verdienen und was nicht.

Sobald wir geboren werden, betreten wir das Schicksal, das vollkommene Macht über uns hat. Obwohl das Schicksal unbesiegbar ist, gibt es einen Weg, auf dem es besiegt werden kann: Durch unsere Tugend können wir uns außerhalb der Schicksalsmacht halten.

„...Sapiens quidem vincit virtute fortunam."

(Epistula 71.30)

Ein weiser Mann besiegt das Schicksal durch
Tugend.

Seneca ist überzeugt:

„Obwohl das Schicksal

vollkommene Kontrolle

darüber hat, was uns geschieht,

hat es keine Macht über unsere

geistige Haltung."

(vgl. Shadi/Wray,2009, S.117)

Jeder ist in dem Maße unglücklich, als er es zu sein glaubt. (Seneca)

Zufriedenheit mit seiner Lage ist der größte und sicherste Reichtum. (Cicero)

Der Geist ist alles. Was du denkst, das wirst du. (Buddha)

Das Glück deines Lebens

hängt von der Beschaffenheit deiner Gedanken ab.

(Cicero)

[...] Ein Mensch ist fähig der Tyrannei des Schicksals zu entkommen durch tugendhaften Gehorsam gegenüber dem einen wahren Herrscher, Gott. Das ist echte Freiheit.

Diese Botschaft ist eine Übereinstimmung mit der orthodoxen stoischen Doktrin. Die Stoiker sagen an erster Stelle, dass sich alle Menschen zusammen mit Gott in einer Gemeinschaft rationaler Wesen befinden. Indem wir unsere rationale geistige Fähigkeit vervollkommnen, erreichen wir Tugend, Glück und vollkommene Einheit mit Gott.

Zweitens hat der Mensch volle Kontrolle über seine Denkweise. Alles ist außerhalb der Kontrolle einer Person. Diese äußeren Dinge schließen den Zustand unseres Körpers ein, z. B. Gesundheit oder Krankheit, auch die Lebensumstände, Armut oder Reichtum, Hungersnot und Dunkelheit. Die äußeren Umstände mögen vorteilhaft oder unvorteilhaft sein, aber sie sind nicht gut und nicht böse, sie sind indifferent. Als solche machen sie keinen Unterschied für das Glück eines Menschen. Ein Mensch, der Glück erreicht hat, ist frei, weil er frei von jeder Einmischung äußerer Dinge ist.

Drittens, Gott hat alles, was geschieht, angeordnet in einer unvermeidbaren Verkettung von Ereignissen, Schicksal genannt. Auf diese Weise ist Gott identisch mit dem Schicksal.

Ein Mensch, dessen Wille sich in vollkommener Einheit mit Gott befindet, nimmt alles, was geschieht, mit Gleichmut an: er folgt dem Schicksal willig, frei von jeder Behinderung durch Ereignisse.

Seneca akzeptiert diese Grundprinzipien der Stoiker. Gleichzeitig stellt er die Beziehung der Menschen zu Gott, äußeren Umständen und dem Schicksal in ein neues Licht. Die Stoiker unterstellen das Schicksal dem Universum und sagen, dass Personen, die den Grund nicht kennen – letztlich Gott – ein Ereignis dem Schicksal zurechnen. Was dem Unwissenden als Schicksal erscheint, ist nichts als Schicksal, sagen sie. Seneca stimmt dem zu. So wie er es sieht, sind Natur und Schicksal dasselbe. Seneca stimmt außerdem auch zu, dass es falsch ist dem Schicksal Widerstand zu leisten. Er unterscheidet sich jedoch darin, dass er Schicksal als antagonistische Macht sieht, die durch Gehorsam gegenüber Gott besiegt werden muss.

[übersetzt aus Quelle: Seneca on Fortune and the Kingdom of God,2009]

[...] nec natura sine deo est nec deus sina natura,

sed idem est utrumque, distat officio. [...]

sic nunc naturam uoca, fatum, fortunam:

omnia eiusdem dei nomina sunt uarie utentis sua potestate.

Als persönliche und als alles umfassende Gottheit nennt Seneca Gott den Lenker und Schöpfer der Welt *(rector artifex)*, beschreibt ihn als Seele und Hauch der Welt *(animus ac spiritus mundi),* sieht ihn als die sinnvolle, vernünftige Weltordnung *(natura)*, als *fatum, causa causarum, providentia* und als *mundus.*

Für Seneca ist Gott als *causa causarum* die Ursache für alles Existierende.

(vgl. Fischer, 2008, S.12)

„Seneca betont die moralischen Attribute der Gottheit, die für ihn der Inbegriff der Tugend ist, stärker als die Stoa vor ihm.[39] Der Mensch ist der Gottheit ähnlich und wesensverwandt. Die Seele wurde, wie die *radii solis (epist. 41,5)*, in die Welt gesandt und hat Teil an göttlicher *ratio*. **Sine adminiculo numinis** {*ohne Unterstützung göttlichen Wesens*} kann sie nicht existieren; Gott ist als *ratio* im Menschen immanent.[41] Der innewohnende göttliche Keim gibt der menschlichen Seele die Möglichkeit gut zu sein. Es ist das Ziel des Weisen, die guten göttlichen Eigenschaften nachzuahmen und dadurch den Göttern gleich zu werden: Eine wesentliche Aufgabe der Menschen ist die *imitatio* des gütigen Wesens der Gottheit, die für Seneca zu einem zentralen Aspekt wird. [42]

Die Formulierung, dass Gott *in* die Menschen kommt, bezieht sich auf die Immanenz Gottes im Menschen:

prope est a te deus, tecum est, intus est. "

(vgl. Fischer, 2008, S.14,15)

Dieser Satz wird gern als Beleg für Senecas Annäherung an das Christentum zitiert, da er einer Formulierung des Paulus ähnelt. [...] Auch aufgrund seiner Äußerungen wird Seneca eine gewisse Nähe zum Christentum zugeschrieben. [...] Schon Tertullian ist der Auffassung, dass Seneca häufig, aber eben nicht immer mit der christlichen Auffassung übereinstimmt. [...]

Im Vergleich zur stoischen Religion wandelt sich bei Seneca das Verhältnis zwischen Religion und Philosophie: Gott spielt in seiner Philosophie in erster Linie eine ethische Rolle. Theologie und Ethik stehen bei Seneca in engerem Bezug zueinander als bei den Stoikern vor ihm: *bonus [...] uir sine deo nemo est* (epist. 41, 2).[46] Gott ist für den Weisen Maß und Vorbild. Der Unterschied zwischen dem Weisen und Gott ist die Sterblichkeit [...]" (dial.2,8, 2).

(vgl. Fischer,2008, S. 15)

Seneca und seine Einstellung zum Tod

(übersetzt aus Quelle: Volk, Gareth, 2006, Seeing Seneca Whole?)

Senecas Faszination für den Tod geht sehr tief. Seneca stellt den Tod als kritischen Test eines Menschen und der Seele im Besonderen dar.

„Atqui cum uoles ueram hominis aestimationem inire et scire qualis sit,

nudum inspice; ...animum intuere, qualis quantusque sit, alieno an suo magnis.

Si rectis oculis gladios micantes uidet

et si scit sua nihil interesse utrum anima per os an per iugulum exeat, beatum uoca." (vgl. Fischer, 2008, S.16)

Wenn du aber eine saubere Einschätzung eines Menschen bilden willst und wissen willst, wie er ist, betrachte ihn nackt. Sieh hinein in seine Seele und schau, wie sie beschaffen ist; ob seine Seele groß ist und voller eigener Quellen oder mit denen von anderen. Wenn der Mensch ohne ein Blinzeln der Augen auf blitzende Schwerter schauen kann; wenn er weiß, dass es keinen Unterschied macht, ob sein Geist seinem Mund oder seiner Kehle entweicht, nenne ihn glücklich.

Im Folgenden zitiert Seneca die Worte, die Aeneas an Sybil richtet:

„Der Tod bietet ein willkommenes Entfliehen aus den Torheiten des Lebens und dem Gefängnis der Welt":

„Omnes effugisti casus, liuorem, morbum;

existi ex custodia;

non tu dignus mala fortuna dis uisis est,

sed indignus,

in quem iam aliquid fortuna posset."

(Tranq. 16. 3)

Du bist allem Unglück, Neid, jeder Krankheit

entkommen;

Du wurdest aus dem Gefängnis freigelassen;

es ist nicht so, dass die Götter dachten,

du verdienst ein schlechtes Schicksal,

sie dachten, du verdienst es

nicht länger unter der Macht des

Schicksals zu stehen.

„Qui mori didicit seruire dedidicit;

supra omnem potentia est,

certe extra omnem.

Quid ad illum carcer et custodia et claustra?

Liberum ostium habet."

(Epistula 26. 10)

Wer auch immer zu sterben gelernt hat,

der hat verlernt ein Sklave zu sein;

er ist über aller Macht

oder zumindest außer seiner Reichweite.

Was kümmern ihn Gefängnis, Wachen

und Gefangenschaft?

Die Tür steht offen für ihn.

De brevitate vitae / Von der Kürze des Lebens

Gehalt

Seneca ist der Auffassung, dass das Leben der Vielbe-schäftigten" *(occupati)* am kürzesten ist. Als Gegenpol zu sinnentleertem Beschäftigtsein sieht Seneca die Muße *(otium)*. Kontemplative Hinwendung zu philoso-phischem Denken macht uns erfahrbar, was Seelenruhe bedeutet *(ataraxia)*. [...] „Das Glück, die *Eudaimonia*, hängt in keiner Weise von der Dauer des Lebens, son-dern allein von der Verwirklichung der Tugend und der Weisheit ab. Dieses eine wahre Gut, *sapientia* und *vir-tus*, stirbt nicht, sondern hat Bestand und ewige Dauer; es ist das einzig Unsterbliche, das Sterblichen zuteil wird." [epist. 98, 9] Seneca rät seinem Freund Paulinus sich von seinem schwierigen und mühevollen Amt zurückzu-ziehen, da er der Ansicht ist, nur ein beschauliches Leben *(vita contemplativa)* sei ein wirkliches Leben.

[...] „Wahres *otium*, und damit wahrhaft erfülltes Le-ben, besteht in philosophischer Beschäftigung (14). Erst hier wird das mehrfach vorbereitete Bild des richtigen Lebens (5,3; 7,5; 7,9; 10,4; 11,2) konkretisiert. Wer sich der Philosophie widmet, verfügt über Vergangenheit, Ge-genwart und Zukunft. Er tritt ins Gespräch mit den Den-kern aller Zeiten. So weitet sich sein Leben ins Unendli-che (14-15). [10] [...] „Zwar bleibt die stoische Grund-position erkennbar, (vor allem im Bild des Weisen), aber das Ideal des zurückgezogenen Lebens trägt durchaus epikureische Züge." (vgl. Seneca, 1976, S. 15/17/19)

Es folgen lateinisch - deutsche Textauszüge

[Zitate und Übersetzung aus: De brevitate vitae, S.20/21/26/27/36/37/40/41/57/68/69/70/71]

Seneca ad Paulinum:

„Ita est: non accipimus brevem vitam sed fecimus, nec inopes eius sed prodigi sumus."

Seneca an Paulinus:

Ja, es ist nicht so, dass wir ein kurzes Leben bekommen haben, sondern wir haben es kurz gemacht; und wir sind nicht mangelhaft damit ausgestattet, sondern wir gehen nur verschwenderisch damit um.

Quid de rerum natura querimur?

Illa se benigne gessit: vita, si uti scias, longa est.

Was klagen wir über die Natur?

Sie hat sich freigiebig gezeigt: das Leben ist lang, wenn man es zu gebrauchen versteht.

Quid ergo est in causa? Tamquam semper victuri vivitis, numquam vobis fragilitas vestra succurrit, non observatis quantum iam temporis transierit; velut ex pleno et abundanti perditis, cum interim fortasse ille ipse qui alicui vel homini vel rei donatur dies ultimus sit. Omnia tamquam mortales timetis, omnia tamquam immortales concupiscitis.

Was ist nun schuld daran? Ihr lebt, als ob ihr immer leben würdet,[11] nie kommt euch eure Vergänglichkeit in den Sinn, ihr bemerkt nicht, wieviel Zeit schon vergangen ist; wie wenn ihr sie in Hülle und Fülle hättet, verschwendet ihr sie, während unterdessen vielleicht gerade jener Tag, den ihr irgendeinem Menschen oder einer Sache widmet, euer letzter ist. Alles fürchtet ihr wie Sterbliche, alles begehrt ihr, wie wenn ihr unsterblich wäret.

[...] At ille qui nullum non tempus in usus suos confert, qui omnes dies tamquam vitam ordinat, nec optat crastinum nec timet. Quid enim est quod iam ulla hora novae voluptatis possit adferre? Omnia nota, omnia ad satietatem percepta sunt. De cetero Fors Fortuna, ut volet, ordinet: vita iam in tuto est. [...]

[...]Der hingegen, der jeden Augenblick zu seinem Nutzen verwendet, der jeden Tag so einteilt, als wäre er sein Leben[26], sehnt sich nicht nach dem folgenden Tag und fürchtet sich nicht davor. Was könnte denn noch irgendeine Stunde an neuer Lust bringen. Alles ist bekannt, alles bis zur Sättigung genossen. Über das andere mag das Glück nach Belieben verfügen – das Leben ist schon in Sicherheit. [...]

[...] Potestne quicquam (stultius esse quam) sensus hominum. Eorum dico qui prudentiam iactant? Operiosus occupati sunt: ut melius possint vivere, impendio vitae vitam instruunt. [...] Cogitationes suas in longum ordinant; maxima porro vitae iactura dilatio est: illa primum quemque extrahit diem, illa eripit praesentia dum ulteriora promittit. Maximum vivendi impedimentum est expectatio, quae pendet ex crastino, perdit hodiernum. Quod in manu fortunae positum est disponis, quod in tua dimittis? Quo expectas? Quo te expendis? Omnia quae ventura sunt in incerto iacent: protinus vive !

[...] Kann es etwas Törichteres geben als das Denken der Menschen, ich meine jener, die sich der Klugheit rühmen? Allzu mühsam sind sie beschäftigt: auf Kosten ihres Lebens richten sie ihr Leben ein, um besser leben zu können. Sie legen ihre Pläne auf lange Sicht an. Aber der größte Verlust an Leben ist das Aufschieben: es entreißt uns einen Tag nach dem anderen, es bringt uns um das Gegenwärtige, indem es Entferntes verspricht.

Das größte Hindernis für das Leben ist die Erwartung, die am Morgen hängt und das Heute vertut. Du schaltest mit dem, was in der Hand des Schicksals liegt; was in deine Hand gelegt wirst, lässt du dir entgehen. Worauf richtet sich dein Blick? Wonach streckst du die Hand aus? Alles Zukünftige liegt im Ungewissen. Jetzt gleich lebe ! [...]

[...] In Muße allein sind jene, die für die Philosophie Zeit haben; nur sie leben wirklich; denn sie hüten nicht nur die eigene Lebenszeit gut, sondern verstehen jede Zeit der eigenen hinzuzufügen. [...]

Recipe te ad haec tranquilliora, tutoria, maiora! Simile tu putas esse utrum cures, ut incorruptum et a fraude advehentium et a neglegentia frumentum transfundatur in horrea, ne concepto umore vitietur et concalescat, ut ad mensuram pondusque respondeat, an ad haec sacra et sublimia accedas sciturus, quae materia sit dei, quae voluntas, quae condicio, quae forma, quis animun tuum casus expectet, ubi nos a corporibus dimissos natura componat; quid sit quod huius mundi gravissima quaeque in medio sustineat, supra levia suspendat, in summum ignem ferat, sidera vicibus suis excitet, cetera deinceps ingentibus plena miraculis ?

Vis tu relicto solo mente ad ista respicere! [...] Expectat te in hoc generevitae multum bonarum artium, amor virtutum atque usus, cupiditatum oblivio, vivendi ac moriendi scientia, altra rerum quies."

[...] Zieh dich zurück zu dem, was ruhiger, sicherer, größer ist! Es sei wenig Unterschied, meinst du, ob du dich darum kümmerst, daß das Getreide ohne Beschädigung durch Betrug oder Nachlässigkeit der Lieferanten in die Speicher geschüttet wird; daß es nicht Feuchtigkeit fängt und dadurch verdirbt und sich erhitzt; daß es in dem Maß dem Gewicht entspricht – oder ob du an diese heiligen und erhabenen Dinge herangehst, um zu erfahren, aus welchem Stoff Gott besteht, was sein Wille[79], sein Zustand, seine Gestalt ist; welches Schicksal deine Seele erwartet; wohin uns die Natur versetzt, wenn wir vom Körper befreit sind; welches Prinzip die schwersten Teile unseres Weltalls in der Mittel hält[80], die leichten

darüber schweben, das Feuer an die höchste Stelle auf-
steigen läßt, die Gestirne in ihren wechselnden Bahnen
antreibt; und was sonst voll gewaltiger Wunder ist ?

Willst du nicht den Erdboden hinter dir lassen und mit
dem Geist auf dies alles blicken? […] In dieser Art Leben
erwarten dich eine Fülle edler Wissenschaften, Liebe zur
sittlichen Vollkommenheit, die im Handeln verwirklicht
wird, Vergessen der Begierden, Wissen vom Leben und
Sterben, tiefe Seelenruhe. "

Blaue Stunde

In der Dämmerung, vor Eintritt der nächtlichen Dunkelheit, befindet sich die Sonne ca. 4 – 8 Grad unterhalb des Horizonts. Diese eigentümliche Färbung des Himmels wird *Blaue Stunde* genannt. Der Begriff wurde vor allem von Schriftstellern und Dichtern geprägt, die ihn meist mit melancholischen Gefühlen verbinden. Durch eine besondere spektrale Zusammensetzung entsteht dieselbe Färbung des Himmels auch in der Morgendämmerung, was aber seltener als *Blaue Stunde* bezeichnet wird. Der Begriff *Blaue Stunde* findet Bedeutung in der Musik, in der Literatur und Fotografie.

Die Farbe Blau

Goethe hatte in seiner *Farbenlehre* vermerkt, dass Blau besonders ist und in der Natur seltener vorkommt als andere Farben.

Wassily Kandinsky, einer der Gründer der Künstlergruppe *Der Blaue Reiter* schrieb „Je tiefer das Blau wird, desto mehr ruft es den Menschen in das Unendliche, weckt in ihm die Sehnsucht nach Reinem und schließlich Übersinnlichem." (vgl Kandinsky, 1973, S.92)

Blaue Stunde

[…] Du bist so weich,

du gibst von etwas Kunde,

von einem Glück aus Sinken und Gefahr

in einer blauen, dunkelblauen Stunde

und wenn sie ging, weiß keiner ob sie war […]

Gottfried Benn

(Quelle: Blaue Stunde (1950) Deutsche Lyrik)

Literaturverzeichnis

Albrecht, Michael, Prof. Dr. (Hrsg.) (2009). *Additional Essays on Seneca, Studien zur klassischen Philologie.* Frankfurt/Main, Deutschland: de Gruyter Verlag

Bartsch, Shadi and Wray, David (editors) (2009). *Seneca on the Self. Seneca on Fortune and the Kingdom of God.* Cambridge, England: Cambridge University Press: S. 117

Blaue Stunde (1950) Deutsche Lyrik. www.deutschelyrik.de blaue-stunde, Stand 25.02.2020

Die Philosophie der Stoa (2001) *Ausgewählte Texte.* Stuttgart, Deutschland: Reclam. S.57

Die Philosophie der Stoa www.philosophie-der-stoa/schulen.php, Stand 30.10.2019

Fischer, Susanna (2008) *Seneca als Theologe, Studien zum Verhältnis von Philosophie und Tragödiendichtung.* Berlin, Deutschland: de Gruyter Verlag: S. 12,14,15,16

Fuhrmann, Manfred (1999) *Seneca und Kaiser Nero.* Frankfurt/Main, Deutschland: Alexander Fest-Verlag

Hine, Harry M. (1981) *An Edition with Commentary of Seneca Natural Questions.* New York, Amerika: D.von Arno Press: S.145

Kandinsky, Wassily (1973) *Über das Geistige in der Kunst.* Bern, Schweiz: Benteli- Verlag: S.92

Knischek, Stefan (1999) *Lebensweisheiten berühmter Philosophen.4000 Zitate von Aristoteles bis Wittgenstein.* München, Deutschland: Humboldt. S. 31ff

Maurach, Gregor (1991) *Seneca, Leben und Werk.* Stuttgart, Deutschland: WBG Edition

Share, Don (editor) (1998) *Seneca in English.* London, England: Penguin Classics. S. 80,122,132,132

Seneca (2004) *On the Shortness of Life.* London, England: Penguin Books. S. 38,39,41,42,80

Seneca (1976) *De brevitate vitae. Die Kürze des Lebens, zweisprachig.* München, Deutschland: dtv. S.15,17,19,20,21,26,27,36,37,40,41,57,68,69,70,71

Seneca (1984) *De tranquillitate animi. Über die Ausgeglichenheit der Seele, lateinisch-deutsch.* Stuttgart, Deutschland: Reclam: S.63

Seneca (2009) *Glück und Schicksal, Philosophische Betrachtungen.* Stuttgart, Deutschland: Reclam. S.134,146

Seneca (1960) *Moralische Briefe.* München, Deutschland: Goldmann

Seneca (2010) *Von der Gelassenheit.* München, Deutschland: dtv. S.42,43,46,47,61,62,63,75,76

Seneca (2010) *Von der Seelenruhe, Vom glücklichen Leben.* Köln, Deutschland: Anaconda-Verlag: S.62,63

Stoa-AnthroWikihttps://anthrowiki.at.Stoa,Stand 21.08.2019

Volk, Katharina u. Williams, Gareth (2006) *Seeing Seneca Whole, Perspectives on Philosophy, Poetry and Politics.* Leiden, Deutschland, Boston, Amerika: Reclam: S. 84

Zeitfracht Medien GmbH
Ferdinand-Jühlke-Straße 7
99095 Erfurt, Deutschland
produktsicherheit@kolibri360.de